AF337912

Z

Bergerac

390

LETTRE

DE

M. DE VOLTAIRE,

A MONSIEUR ***.

BIBLIOTHÈQUE NATIONALE · BENGESCO · IMPRIMÉS

*Au château de Fernez, en Bourgogne,
par Genêve, le 31 juillet 1761.*

VOUS voilà, MONSEIGNEUR, comme le marquis de *La Farre*, qui commença à sentir son talent pour la poësie à peu près à votre âge, quand certains talents plus précieux étoient sur le point de baisser un peu, & de l'avertir qu'il y avoit encore d'autres plaisirs.

Ses premiers vers furent pour l'amour, les seconds pour l'abbé *de Chaulieu*. Vos premiers sont pour moi : cela n'est pas juste ; mais je vous en dois plus de reconnoiſſance. Vous me dites que j'ai triomphé de mes ennemis : c'eſt vous qui faites mon triomphe.

Aux pieds de mes rochers, au creux de mes vallons,
Pourrais-je regretter les rives de la Seine?
La fille de *Corneille* écoute mes leçons,
Je ſuis chanté par un *Turenne*;
J'ai pour moi deux grandes maiſons,
Chez Bellone & chez Melpomène.
A l'abri de ces deux beaux noms
On peut mépriſer les *Frélons*,
Et contempler gaîment leur ſottiſe & leur haine.
C'eſt quelque choſe d'être heureux :
Mais c'eſt un grand plaiſir de le dire à l'Envie,
De l'abbattre à nos pieds & d'en rire à ſes yeux!
Qu'un ſouper eſt délicieux,
Quand on brave en mangeant les griffes des harpies!
Que des frères *Bertier* les cris injurieux
Sont une plaiſante harmonie!
Que c'eſt pour un amant un paſſe-temps bien doux
D'embraſſer la beauté qui ſubjugua ſon ame,
Et d'affubler encor du ſel d'une épigramme
Un rival fâcheux & jaloux!
Cela n'eſt pas chrétien, j'en conviens avec vous:
Mais, ces gens le ſont-ils? Ce monde eſt une guerre;
On a des ennemis en tout genre, en tous lieux;
Tout mortel combat ſur la terre;
Le Diable avec Michel combattit dans les cieux.

On cabale à la cour, à l'églife, à l'armée;
Au Parnaffe on fe bat pour un peu de fumée,
Pour un nom, pour du vent : Et je conclus au bout
Qu'il faut jouir en paix, & fe moquer de tout.

Cependant, MONSEIGNEUR, tout en riant, on peut faire du bien. VOTRE ALTESSE en veut faire à mademoifelle *Corneille*. Vous voulez que je vous taxe pour le nombre des exemplaires. Si je ne confultois que votre cœur, je vous traiterois comme le ROI; vous en feriez pour la valeur de deux cent. Mais, comme je fçais que vous allez par tout femant votre argent, & que fouvent il ne vous en refte guère, je me réduis à fix; & j'augmenterai le nombre, fi j'apprends que vous êtes devenu économe. Je fupplie VOTRE ALTESSE d'agréer mon profond refpect, & de conferver vos bontés au Suiffe *VOLTAIRE*.

BIBLIOTHÈQUE NATIONALE / BENGESCO / IMPRIMÉS

www.ingramcontent.com/pod-product-compliance
Lightning Source LLC
Chambersburg PA
CBHW061902080726
47597CB00010BA/4370